26

1856
26. 27. 28. Mars

			4671	50
400 Catalogues 3/" 1/4.		239		
75 affiches à 10°		17	75	
distribution des Catalogues		10		
Affranchissement des Catalogues à la poste		8	50	
Affichage		3		
Insertion au Moniteur des Ventes		20	80	
Déclaration		1	70	
Timbre		3	75	
Enregistrement		105	60	
Versement en bourse commune		147	15	
Honoraires de Mr Delbergue Cormont		147	15	
Honoraires de Mr Vignères		141		
Location de la Salle 87.85		80		
Clere, Crieurs, Hommes de peine		60		
Papier pour chemises 2 Main Bleue / 6 Main ½ Blanc		8	50	
Transport		3		
~~Déduire Frais Divers à 1 1/2 p % à~~		996	90	
Déduire 5 %	~~…~~	233	55	763	35
~~…~~		763	35	3908	15
				2122	50
Déduire Estampes et Dessins Ret				1785	65

CATALOGUE

D'UNE COLLECTION

D'ESTAMPES

ET

DESSINS ANCIENS

Des Écoles Flamande, Française et Italienne

PROVENANT DE L'ÉTRANGER

DONT LA VENTE AURA LIEU

HOTEL DES COMMISSAIRES-PRISEURS

RUE DROUOT, N. 5

Salle n. 3, au 1er étage,

Les Mercredi 26, Jeudi 27 et Vendredi 28 Mars 1856,

heure de midi, et le soir s'il y a lieu

Par le ministère de M. **DELBERGUE-CORMONT**,

Commissaire-Priseur, rue de Provence, 8,

Assisté de M. **VIGNÈRES**, marchand d'estampes,

Rue de la Monnaie, n. 13, à l'entresol, entrée rue Baillet. n. 1,

chez lesquels se distribue le présent catalogue.

EXPOSITION PUBLIQUE

Le Mardi 25 Mars 1856, de midi à 4 heures.

PARIS

MAULDE ET RENOU

IMPRIMEURS DE LA COMPAGNIE DES COMMISSAIRES-PRISEURS

rue de Rivoli, 144.

1856.

On commencera à une heure précise.

L'ordre du Catalogue sera suivi.

Le Mercredi 26, les Estampes.

Le Jeudi 27, les Estampes.

Le vendredi 28 mars, les Dessins.

Nous avons conservé les attributions de l'Amateur pour les Dessins.

M. Vignères faisant la vente se charge des commissions.

CONDITIONS DE LA VENTE

Elle sera faite au comptant.

Les acquéreurs paieront, en sus des adjudications, cinq centimes par franc, applicables aux frais.

V.   Bordereau   R

                        6 50

                                          1

                        30 50   Bil. 10. F. D'a 40 Ken. 6.

                                      1 75

                                      1

                                      1

          1 75

                                      1 50

          3
____
          4 25   37 00   1 25

                                                                    W 2

DESIGNATION

DES ESTAMPES

1 **Allamet**. D'après Jeaurat. Les places Maubert et des Halles. 2 p.

2 — Portraits de Catherine Desmond et Chrichton. 2 p. Papier de Chine volant.

3 **Allard** (C.). Procession de Sainte-Geneviève, faite à Paris en 1706. On voit toutes les châsses, ainsi que M. l'Archev. de Noailles, se rendant à Notre-Dame. Pièce très-rare, avec un texte français et hollandais au bas. Grand. in-fol.

4 **Angier**. D'après Moucheron. A view of Tivoli.

5 **Anonyme**. Vierge et Jésus rayonnants.

6 — Jésus et la Samaritaine, et autres. 3 p.

7 — Vignettes des tableaux de la galerie de Dusseldorf. 5 p.

8 **Ardell**. D'après Rembrandt. Le denier de César.

9 — Portrait de J. Paul, peintre et graveur.

10 **Audran.** Portrait de C. de Visscher, graveur.

11 **Audran** (G.). 1681. D'après Le Brun. Le plafond de Sceaux, en 5 feuilles. Anciennes épr.

12 — (B.) et Et. Picart. D'après Le Sueur. Maladie d'Alexandre et martyre. 2 p. Belles épr.

13 **Aveline.** D'après Visscher. La Folie.

14 **Avril.** D'après Wille. La double récompense du mérite et Le patriotisme français. 2. p.

15 **Bacheley.** D'après Peeters. Tempête au Groënland. Belle, avec marge.

16 **Baillie.** Portrait équestre de William, prince d'Orange, père du roi Guillaume III. Superbe épr. avant le mot *published*, papier du Japon.

17 — D'après Eckhout. Daniel prouvant le faux témoignage des vieillards contre Suzanne.

18 — D'après Ostade. Fumeur à mi-corps et intérieur. 2 p.

19 — D'après Van Goyen. Paysage fac simile de dessin et portrait de militaire en pied. 2 p.

20 **Backhuyzen** (L.). Marines. B. 2, 3, 4, 7. 4 p. avec grandes marges.

21 **Barbiers** et **Serne.** Scène d'hiver et paysages. 3 p.

22 **Baron.** D'après Hogarth. Portrait du révérend père en Dieu Benj Hoadly.

23 **Bary.** D'après Van Dyk. Groupe de deux enfants, l'été. Très-belle épr.

24 **Basan.** Le grand écuyer, portrait équestre de M. de Nestier.

25 **Baudouins.** D'après Vandermeulen. Paysages. 4 p.

M.C

	R			V	
6	25	37		4	25	iŋ
				2	25	iŋ
		4				iŋ
				2		
1	50					'iŋ
3						
1	25					Viŋ
9	50					Viŋ
4						Viŋ
Lucas	10					Viŋ
1	50					Viŋ
10						Viŋ
1						Viŋ
1						Viŋ
				2	75	vViŋ
1						Viŋ
1	50					
41	50	41		14	25	

	14	25	41	41	50
				1	
			9		7 15
Voy				10	
Voy				11	
Voy	10	50			
Voy	3				Leonard
Voy			19 50		Ail 25. Picard 16
				2	50
Voy				1	
				3	
+	8		3		Diamant 8
				4	50
Voy	5			3	
Voy				2	
Voy	3			2	
				1	
Voy				1	
				1	50
Voy				2	..
Voy	35	75	78 50	77	

	No	Description	Prix
2	26	**Bauer** (J.-W.). Combats de cavalerie. 6 p.	1 — Vig
9	27	**Beauvarlet**. D'après Luc. Jordano. Enlèvement d'Europe. Superbe épr.	9 — Vig
10	28	— D'après Drouais. Deux jeunes garçons jouant avec un chien, et pendant, Deux autres tenant une marmotte. 2 p., belles ép., grande marge.	10 — Vig
3	29	— D'après Huet. Le gardien fidèle et la surprise du renard, d'après Oudry. 2 p.	1 — Vig
10	30	**Beham** et **Aldegrever**. Les danseurs de noces, Adam et Eve, Impossible, etc. 19 p.	10 50
3	31	**Bella** (Stef. Della). Le Pont-Neuf, à Paris.	8
13	32	— Facétieuses inventions d'amour et de guerre pour le divertissement des beaux-esprits. 13 p. rares et belles.	19 50 Vig
4	33	— Et pace et bello. Six pièces guerrières.	2 50 Vig
2	34	— Scènes d'embarquement. 4 p.	1 — Vig
4	35	— Paysages ronds. Suite de 14 p.	3 — Vig
2	36	— Têtes et Mascarons. 8 p.	3 — Vig
6	37	— Paysages, Ruines et Vase en hauteur. 6 p.	4 50 Vig
5	38	— Le port de Livourne. 6 p.	5
5	39	— Animaux et Paysages. 21 p.	3 — Vig
2	40	— Varij Capricij Militarij. 6 p.	2 — Vig
2	41	— Animaux divers. 18 p.	2 — Vig
3	42	— Etudes et Animaux divers. 18 p.	3
1	43	— (D'après). Animaux différents. 6 p.	1 — Vig
2	44	**Bemme**. 1804. Tête d'homme. Sup. épr.	1 — Vig
6	45	**Berghem**. Suite d'animaux et têtes de boucs. B. 13 à 18. — 6 p.	
4	46	**Bisschop**. D'après V. Vliet. Rembrandt, etc. 7 p.	1 50 Vig
3	47	**Bloemaert** (A.). Intérieur de village, grand paysage.	8 — Vig

48 — (C.). La crèche avec annonce aux bergers. 4

49 — Saint Jean-Baptiste dans un paysage. 2

50 **Bodlidge**. Portraits de Wesley et de White-field. 2 p. 1

51 **Boissieux** (J.-J. de). Passage du Garillano. Rigal 31. 4

52 — Vue de Saint-Andéole en Lyonnais. 1re épr. R. 41. 10

53 — Le noyé au bord de l'eau. 1re épr. R. 57. 11

54 — Paysage, goût de Wynants. Sup. épr. R 75. 6

55 — Moulin d'Italie, papier de Chine. R. 81. 2

56 — Suite de paysages. R. 84 à 93. 10 p. 10

57 — La digue rompue, d'après Asselyn, papier de Chine. R. 133. 4

58 — Le repas des faucheurs, d'après A. V. de Velde, papier de Chine. R. 139. 15

59 — D'après Berghem. Les animaux passant le gué. Belle et ancienne épr. avec marge. 10

60 **Boizot**. D'après Metzu. La Hollandaise à son clavecin et le déjeuner. 2 p., belle avec marge. 4

61 — D'après Netscher. Jeune page et son oiseau. 2

62 **Bol** (F.). Vieillard à barbe frisée. B. 9. 2

63 **Bolswert**. D'après Van Dyck. Vierge, Jésus et sainte Catherine. 3

64 — D'après Jordaens. La femme qui trait la chèvre. 8

65 — D'après Quellinus. Vierge et Jésus. 8

66 — D'après Rubens. Sylène soutenu par deux Satyres. 3

67 — D'après Rubens. Grand paysage, le déluge de Deucalion. Superbe épr. 8

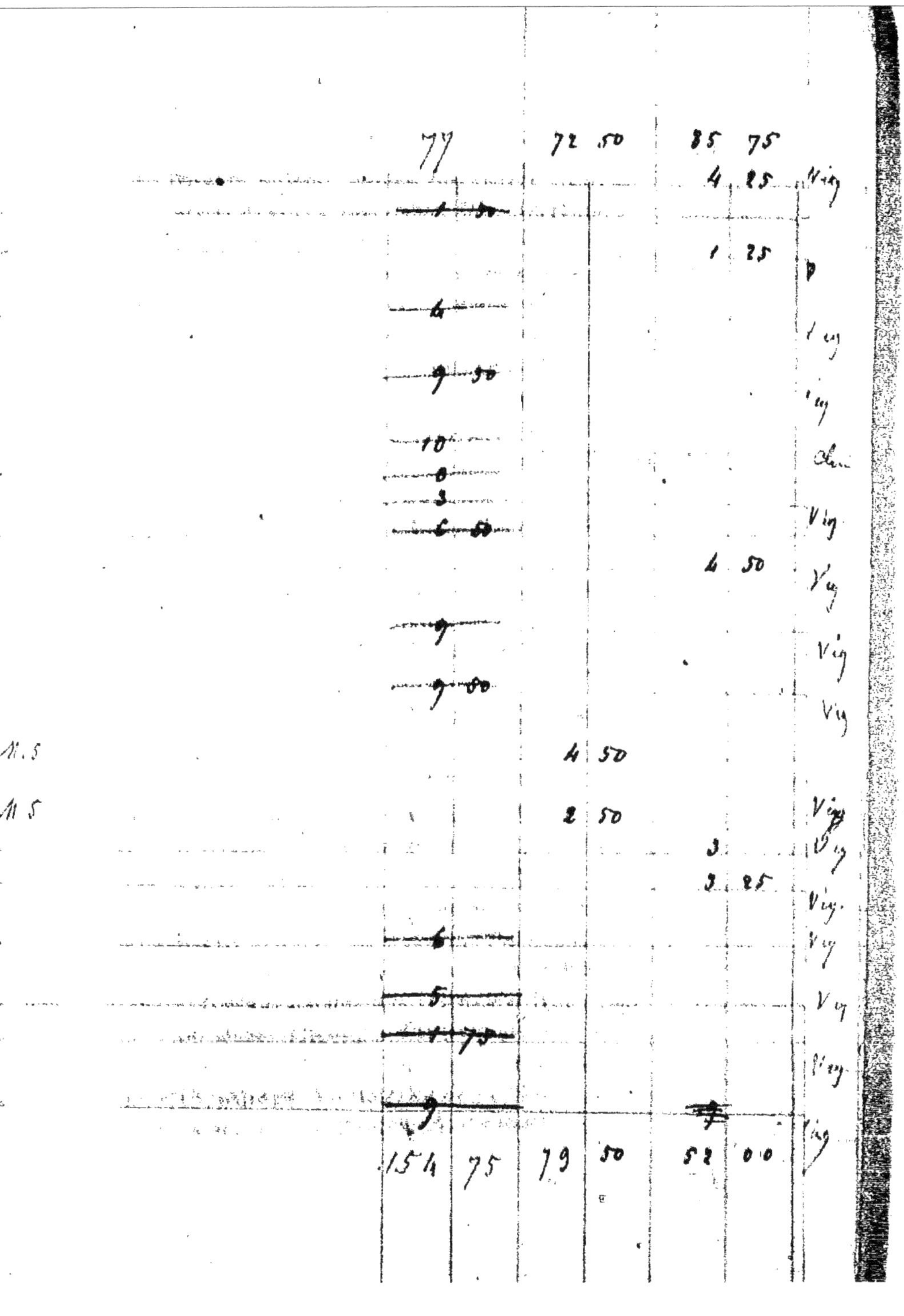

	5 2		7 9	50	15 ½ 75
Veg					
Veg	2				
Veg					3
Veg					7
Veg	25	50			
Veg					
Veg					2
					6
					2 50
Veg					
Veg	D				1
Veg	7	50			
					1
					1
Veg					1
Veg					1
Veg				6	50
Veg					4
					4
	8 7		8 6		191 25

W 40

19

68 **Bosch** (A. Van). D'après Zaanredam. Ancienne maison de ville à Amsterdam. 2 p. différentes et un état différent. — 3 p.

69 **Boucher**. Fac simile de paysage à la sanguine. 2 p.

70 **Boulanger** (J.). Portrait de François-Isidore de Haynin. Belle épr. avec marge.

71 **Brand** (Fréd.). Son œuvre, paysages, figures. 67 p., plusieurs non terminées.

72 **Breenberg** (B.). L'ours dans la cuve, *Back-Beer*. Très-rare. B. 24.

73 **Breenberg**. Joseph distribuant du blé. Grande et belle pièce capitale.

74 — Le martyre de saint Laurent, pendant du précédent. Belle.

75 **Breugel** (D'après). La grasse et la maigre cuisine. 2 p.

76 **Brouwer**. D'après Pinacker et Swanevelt. 3 p. Fac-simile de dessins.

77 **Brussel** (H.-V.). Paysages et figures. 19 p.

78 — Portrait de Milatz, artiste, étant mort.

79 **Bulthuis**. Vache et brebis avec différences. 4 p. à l'eau-forte.

80 **Busserus** (H.). Fac-simile de dessins. 6 p.

81 **Buys** (J.). Fac-simile d'après Rembrandt, effet de lumière, intérieur avec deux figures.

82 **Dylaert**. D'après Wouvermans et Potter, fac-simile magnifique d'imitation. 2 p.

83 **Cabel** (A.-V. de). Titre et paysages, 1 à 5. 1re état. Col. Verstolk.

84 Paysages, no 9, 28, 52, 65. 1er état.

85 — Berger jouant de la flûte. Non décrit. Col. Verstolk. Très-belle épr.

86 **Callot** (J.). Varie figure Gobbi. 16 p. belles.

87 — Massacre des Innocents. Sans nom.

88 — Costumes, trait et ombre. 14 p. belles.

89 **Canot**. D'après Pillement. Chaumière hollandaise. Très-belle épr.

90 — D'après Ostade. A country wake. Très-belle épr.

91 — et **Picot**. D'après Pynacker et Van Goyen. A calm. 2 p. Belles épr.

92 **Cars**. D'après Vanloo. La fuite en Egypte. Belle.

93 **Caukercken** (C. Van). D'après Rubens. Martyre de saint Livinius. Belle épr. avec marge

94 **Chalon**. Paysan et tête de femme. Différents états, 8 p.

95 **Charpentier**. D'après Salvator Rosa. Le mont Vésuve.

96 — et autres. D'après Boucher. Greuze. Fac-simile de dessins. 4 p.

97 D'après Jeaurat. Le repos de Diane.

98 **Chasteau** et autres. D'après Carrache. Le martyre de saint Etienne. 5 p.

99 **Chedel**. Hermites dans un désert.

100 **Chevillet**. L'amour maternel.

101 **Chodowiecki**. Portraits et sujets. 39 p.

102 **Claessens**. Le fils de Teniers. Belle épr.

103 — D'après J. Steen. Le maître d'école. Très-belle épr. avant l. l.

104 — D'après Coclers. Aspettare et pendant. 2 p.

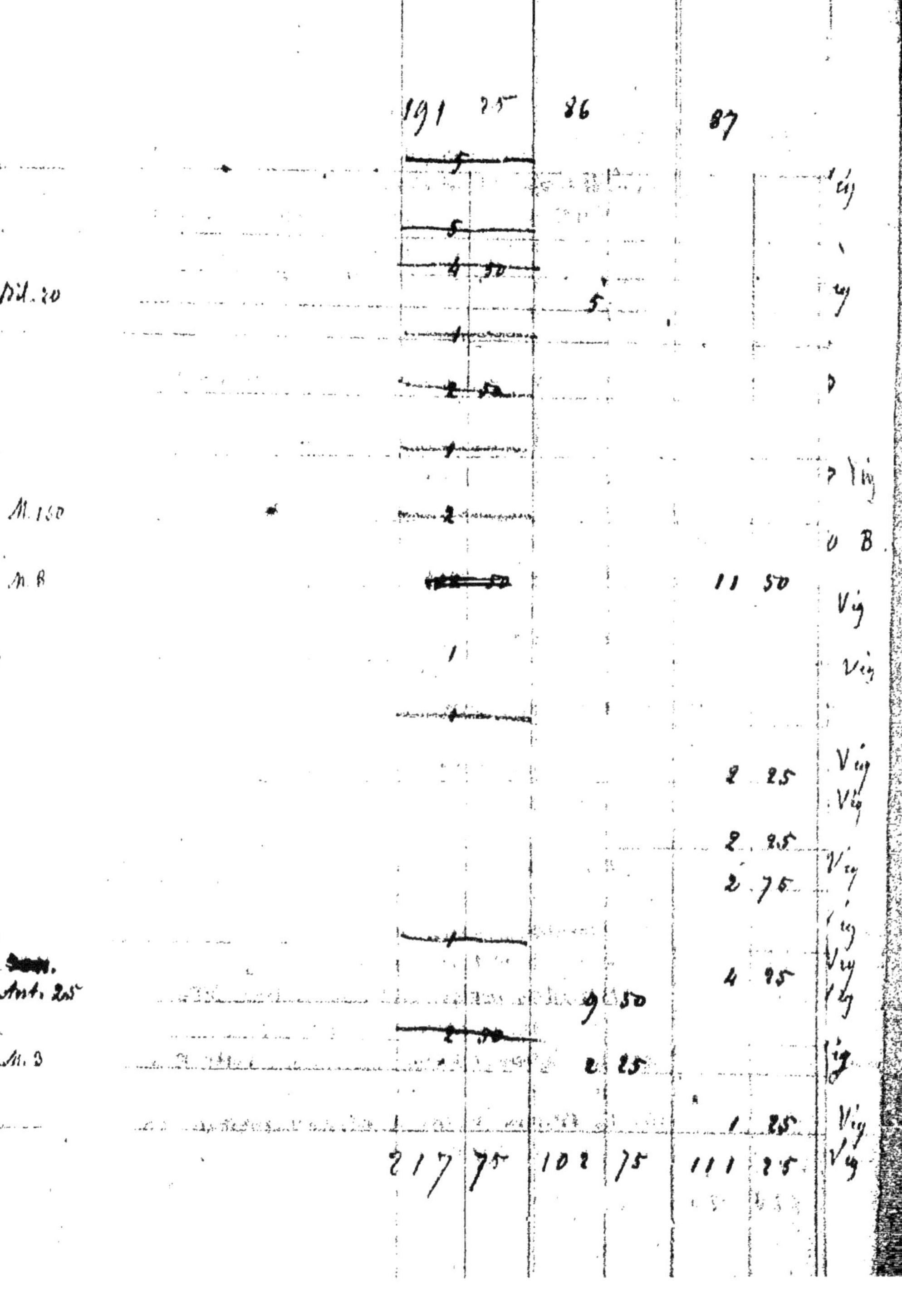

111 25   102 75   717 75

5   H 15

4

1 75
2 50

3 50

5 50   W 5

1 50

2 25

2

1

2
2
3

1

3 50

5

123 25   118 25   243 75

105 **Collaert** (A.), d'après M. de Vos. VII Dona spiritus, les sept dons de l'esprit, 7 p. Très-belles épr., toute marge.

106 **Cootwyk**, d'après différents maîtres. Fac-simile de dessins. 10 p.

107 **Copia**, d'après Sicardi. Come la trovate.

108 **Couché**, d'après Poelemburg. La nourrice et les baigneuses flamandes. 2 jolies petites p. Belles épr. avec marge.

109 **Cuyp** (A.). Bœufs et vaches dans des prairies. 6 p.

110 **Dalen** (C.-V.). Portrait de Anna-Maria Schurman. Très-belle épr.

111 — D'après Flinck. Tête de négresse. Très-belle épr.

112 — Portrait de Rodolphus Petri.

113 **Danckerts**, d'après Berghem. Paysages avec animaux. 2 p.

114 — Suite de grands paysages. 4 p.

115 **Dasveld**. Cheval au vert et chien couché. 2 jolies eaux-fortes.

116 **Daullé**, d'après Oudry. La chienne braque avec toute sa famille. Très-belle.

117 — M. de Nestier, grand écuyer. Belle épr.

118 — Portrait de Hyacinthe Rigaud.

119 **Delafosse**, d'après Carmontelle. La malheureuse famille Calas.

120 **Delaunay** (N.), d'après Dietricy. Ruines romaines. 2 p.

121 — La complaisance maternelle.

122 — D'après Fragonard. La bonne mère.

123 **Delff** et autres. Portraits différents. 6 p.

124 **Delfos**, d'après Berghem. Grands paysages avec figures et animaux. 2 p.

125 — D'après Hals. Le buveur à la cruche vide.

126 **Demarteau**. Têtes de sainte Thérèse et saint Jean-de-la-Croix. 2 p.

127 — D'ap. Van Dyck. Portrait de Cachiopin. Fac simile.

128 **Denis**. Le donneur d'eau bénite. Retour de la pêche. 2 p. gravées en couleur.

129 **Dennel**, d'après Lagrenée. Triomphe de la peinture et Pygmalion. Belles épr. 2 p. avec marge.

130 **Feselaux**, d'après L. Robert. Les moissonneurs Belle épr., toute marge.

131 **Drevet**, d'après Rigaud. Bossuet en pied.

132 — Ph.-L. Comte de Sinzendorf.

133 — Maria Serres, mère de Rigaud.

134 **Duflos**, d'après Jeaurat. Déménagement d'un peintre, enlèvement des filles de joie. 2 p.

135 — D'après Oudry. Chien couchant et épagneul. 2. p.

136 **Dugoure**, d'après Netscher. Prière à Vénus. Belle épr.

137 **Dunker**, d'apr. Schutz, première et deuxième vue des environs de Coblentz, 2. p. Belles épr.

138 — D'après Roos. Livre de différents sujets de figures et animaux. 8 p.

139 — Recueil de différentes études d'animaux, 12 p.

140 **Dupuis**, d'après Watteau. L'occupation selon l'âge. Belle épr.

243	75	118	75	173	25
				2,25	Vig
2					b Vig
1					Vig
2					Vig
1					Vig
					Vig
					b Vig
					Vig
5 50					Vig
					b Vig
				7	Vig
5					Vig
5					
		5 50			
				9	
1					Vig
5					Vig
1					Vig
1					Vig
				1	25
				12	50
273	25	123	75	155	25

155 95   198 75   273 25

158 75   584 50

141 **Durer** (A.). Copie des effets de la jalousie.

142 — Deux pièces de la Passion, 4-5, et Hercule d'Aldegrever. 3 p.

143 **Dusart** (C.). Les crieurs. Belle épr.; la planche carrée. B. 1.

144 — Le même, la planche réduite en ovale.

145 — Les deux chanteurs. Belle épr. B. 3.

146 — Le couple ivre. Belle épr. B. 7.

147 — Le violon assis. Belle épr. B. 15.

148 — La fête de village. Belle épr. B. 16.

149 — La même contre-épr. rare.

150 **Dusart** (d'après). La querelle des paysans en goguette avant l. l. et nom de graveur.

151 — La même, eau-forte pure.

152 **Dyck** (Ant. Van.). *Icones principum virorum,* etc. Recueil de 110 portraits, dont 13 eaux-fortes, par Van Dyck. *Anvers, Gillis Hendricx.* Très-beau vol., rel. veau.

153 **Earlom**, d'après Zoffany Georges III La reine Charlotte et sa famille. Belle épr.

154 — D'après Reynolds. Le général Eliott.

155 **Echard,** d'après Roos. Animaux. 6 p.

156 **Edelinck.** Portrait de Fr. Tortebat, peintre.

157 **Eland** (H.), d'après Hugtenburg. Voyageurs devant un maréchal-ferrant.

158 **Elliott,** d'après Cochin. Petits sujets, Danses, etc., 8 p., charmantes compositions.

159 — D'après Cuyp. A View on the Maese near Maestrich.

160 — D'après Pillement. Entrée et sortie du bois. 2 p.

161 — Et. Canot. Les quatre parties du jour, 4 p.

162 — D'après Poelemburg. Paysage avec animaux et la fuite en Egypte.

163 **Engesmet.** Chien couché, eau-forte rare.

164 **Faelus.** Portraits de Rubens et de sa femme, d'après lui-même. 2 p. avant l. l.

165 **Ferdinand**, d'après Tetelin. Les vertus innocentes ou leurs symboles sous des figures d'enfants. 9 p., belles épr.

166 **Filloeul**, d'après Chardin. Dame prenant son thé. Belle épr. avec marge.

167 — D'après Pater. La courtisane amoureuse.

168 **Fokke**, d'après Schoute. Manière de vendre les tableaux à Amsterdam. Belle épr.

169 **Franco** (Batista). Diane et ses nymphes.

170 **Frey** (J. de), d'après Rembrandt. Portraits d'homme. 4 p.

171 — D'après Koning. Brekelencamp et autre, 4 p. avant l. l.

172 — D'après Rembrandt. Les syndics de la halle aux draps.

173 — D'après Lievens, etc. Brederode, Tromp, etc. 4 p.

174 **Galle** (C.), d'après Rubens. Supplice de Sénèque. Belle épr.

175 **Gerard** (H.). L'art d'aimer et les premières caresses du jour, 2 p.

176 **Geyser**, d'après Moucheron. Le bain des nymphes. Belle épr.

177 **Gheyn** (J. de) et Za. Dolendo. La Passion de Jésus-Christ, 12 p.

	534	50				
			123	75	154	75	Vig
M. 2	2						
	2	50					
					1	25	Vig
					2	50	
Daud. 16			5	50			
M. 6					10	50	
					2	25	
							Vig
M. 2 50			2	25			Vig
	6						Vig
	6						Vig
	4						Vig
	75						Vig
M. 1					4	25	Vig
	2						Vig
M. 2 50			2	25			
					3	25	Vig
	559	75	133	75	182	75	

182 75   133 75   559 75

Vig   2 50   W2

Vig

     10 50

            2 50   M3.

Vig   3

      7

/   5 50

     2 25

     1 25

Vig   9   H 1850

Vig   1

Vig   2 50

Vig   2 50   2

                                   W2

Vig   6

Vig   2

Vig   2 50   M 10

Vig   2

Vig   3 25

                   1

218 00   147 25   597 25

178 **Giffart** Portrait de A. Perrier. Belle épr., grande marge.

179 **Girardon** (d'après). Tombeau et épitaphe du cardinal de Richelieu. 6 p., belles épr. rares.

180 **Godefroy**, d'ap. La Hyre. Les Géorgiennes au bain. Belle épr.

181 **Goltzius** (H.). Adoration des mages.

182 — La Passion de Jésus-Christ. 12 p. B. 27 à 38.

183 — Jésus-Christ, les Apôtres et saint Paul. 14 p. belles épr. B. 43 à 56.

184   Pygmalion et sa statue. Belle épr. B. 138.

185 — Mars et Vénus surpris par Vulcain. B. 139.

186 — Les muses, suite de 9 p. B. 146 à 154.

187 — Frisius, le chien de Goltzius, copie contre-partie. B. 190.

188 — Les culbuteurs, B. 258 à 261.

189 — D'après Palma. Saint Jérôme. B. 266.

190 **Greenwood**, d'après Buys. Portrait du graveur Fokke, avant l. l.

191 **Greuze** (d'après). Ne l'éveille pas, gravée par Cars et Jardinier. Très-belle épr. avec marge.

192 — La laitière, gravée par Levasseur. Très-belle épr. avec marge.

193 — La blanchisseuse, par Danzel. Très-belle épr. avec marge.

194 **Huang** (P.-C.). Cheval et chiens. Rare, 2 p.

195 **Haarst** (V. der.), d'après Ruisdael. Paysages. 2 p.

196 **Hackert** (G). d'après J.-Ph. Hackert. Restes de l'acqueduc à Fréjus.

197 — Ruines du pont d'Auguste. 2 p.

198 **Haldenwang**. Ansicht der Wasserfalls bei Ragatz und Jungfrauhorns in Bern. 2 p.

199 **Heeke** (J. V. den.). Différents animaux, suite complète de 12 p.

200 **Helman**, d'après Le Prince. Le marchand de lunettes. Belle épr., grande marge.

201 **Henning**. Vues du château et jardin de Biljoen. 6 p.

202 **Henriquez**, d'après Eisen. L'optique et l'espièglerie. 2 p., belles épr., grande marge.

203 **Heudelot**. D'ap. J. Steen. Marguerite de Gojen, sa femme.

204 **Hollar** (W.). Suite de vaisseaux variés. 12 p.

205 — Diverses tempêtes. 5 p.

206 — Différents payeages. 9 p.

207 — Figures grotesques et autres, d'ap. L. de Vinci. 13 p.

208 — Têtes de femme et oiseau. 3 p.

209 — Enfants et amourets. 8 p.

210 — Les Quatre saisons, Dames à mi-corps, belles ép. 4 p.

211 **Hooge** (Romyn de). Portrait d'un gouverneur de Hollande. Avant l. l.

212 **Houbraken**. Portrait du cardinal Fleury. Avec grande marge.

213 — Portraits de Buffon et autres. Avant l. l. 5 p.

214 **Huchtenburg**. Grandes batailles en Italie et en Belgique. 2 p.

215 **Huet** (N.). Suite d'animaux gravés à l'eau-forte. 12 p.

59	7	25	147	25	218	
		50				
		2				
		4				Viij / iiij
	2					
	1	75				
No 6 M.11			7			Viij
M.1			3			Viij
					6 50	Viij
	1					
	3					
	2					
	1					
					3 25	Viij
	10					
					4	Viij
			2	25		Viij
					6 50	iij
					6	
	1					Viij
631	50	159	50	244	2 5	

244 25   159 50   681 50 .

Vig
Vig   2

Vig   2

Vig   4

Vig   3   25

Vig   3   25

Vig   9

Vig   7

Vig   4   25   8

Vig   2   75

Vig

Vig   1   5

Vig   7   52

Vig   2

Vig   2   25   0   0

Vig   9

Vig   3   25

Vig   1

263 25   175 50   659 . .

216 **Hulk**. L'orage, et Le village en feu, par Michel. 2 paysages.

217 **Huquier**. D'ap. Oudry. Chasse au sanglier.

218 — Les chiens en arrêt et le cerf aux abois. 2 p.

219 — Les chiens en arrêt. Premier état. Eau-forte pure. Avant l. l.

220 — D'ap. Ostade. Les joueurs et pendant, bell. ép. Grande marge. 2 p.

221 **Jode** (P. de). D'ap. Jordaens. Saint-Martin guérissant un possédé.

222 — D'ap. Jordaens. La femme au hibou. Très-belle ép.

223 — D'ap. Rubens. Les trois grâces.

224 **Jordaens** (J.). Jupiter nourri par la chèvre Amalthée. Belle eau-forte avant l'adresse de Bloteling.

225 **Joullain**. D'ap. Desportes. Le loup aux prises avec les chiens. Très-belle ép.

226 **Kaiser** (J.-W.). D'ap. Pieneman. La mort du prince Guillaume I, belle ép. d'une pièce rare, n'étant pas dans le commerce.

227 **Kessel** (T.-V.), 1654. D'ap. Van Hecke. Suite d'animaux. 6 p.

228 **Keyl**. D'ap. Bega. Le peintre, belle ép.

229 **Kilian**. Portraits de Schicardus. Lotharius. 3 p.

230 **Kittensteyn**. D'ap. Hals. Orgie de seigneurs et dames.

231 **Knapton** (C.). D'ap. Carrache. Paysages et figures. 4 p. en fac simile.

232 — D'ap. Parmesan et autres. 5 p. fac simile.

233 **Kolbe** (C.-W.). Grand arbre avec pâtre et vache. Pièce en hauteur.

234 **Koninck**. Buste d'Oriental. B. 69.

235 **L....** (J.-Aug.). Fac simile de dessins gracieux. Enlèvement d'Europe, Andromède, Vénus et l'Amour, et autres, à la sanguine lavés. 16 p. très-jolies.

236 **Laan** (A.-V. der). OEuvre complet des Paysages d'ap. Glauber et autres. 40 p.

237 **La Hyre** (L. de). Méléagre et Atalante.

238 **Lairesse** et **Glauber**. Différentes compositions. 14 p.

239 **Langendyk**. Paysage et études. 2 p. Rares

240 **Langlois**. D'ap. Vantol. La ménagère nort-hollandaise.

241 **Larmessin**. D'après Vanloo. Portrait de Louis XV à cheval.

242 — D'ap. Watteau. Louis XIV mettant le cordon bleu à M. de Bourgogne, père de Louis XV. Belle ép.

243 **Lawrence** et **Major**. D'ap. Wouvermans. La mort du cerf. Sup. ép.

244 **Le Brun** (d'ap. Ch.). Saint Charles Borromée priant.

245 **Le Clerc** (Séb.). Costumes d'hommes et dames. 20 p., belles ép.

246 **Leeuw** (W. de). D'ap. Rubens. Chasse au sanglier.

247 — D'ap. Rubens. Chasse au lion, belle ép.

248 **Legrand** (Aug.). La jeune pensionnaire.

249 — D'ap. Schall. L'élisée, Rocher de Meillerie, etc. 4 p. Sujets gracieux.

659   175 50   263 75   Vig

                0   42

                1 50

n. 14 nd.25   26   Vig

                                                       Vig

n. 13   8 ..   Vig

                    1   Vig
n. 11   11 50

                                                       Vig

                8

G. 12   10

M. 2   4 50

                                           1 75   Vig
                                                       Vig
X 750   7   Vig

                                                       Vig

                                           1
                                           2 25

679 50 2074   305 75

				1	75
Veg.	305	75	207	679	50
Veg.	8	25			
Veg.	2	25			
			4	25	
				3	
Veg.			6		H 14
Veg.			4	25	
Veg.	3	75			
Veg.			6	50	H 12
Veg.	19				M. 8
Veg.	13				
Veg.	1	75			
Veg.	2	25			
			7		di f.
Veg.				9	50
Veg.				4	75
Veg.				4	
Veg.	8	50			
Veg.	5				
	352	50	230	75	719	75

250 **Legrand**. D'ap. Renou. Io surprise par Jupiter.

251 **Le Mire**. D'ap. Brakenburg. La curiosité.

252 — D'ap. Le Paon. Portrait de Lafayette en pied.

253 **Lenfant**. Portrait de Michel Le Masle, belle ép. Grande marge.

254 — Portrait de Le Maistre de Ferrières, belle ép. avec marge.

255 **Lepicié**. D'ap. de Moor. Le jeu des échecs. Belle ép.

256 — D'ap. Coypel. L'amour maître d'école et la Veuve. 2 p.

257 — Portrait de Catherine Deseine, actrice. Très-belle ép. avec marge

258 **Levesque**. D'ap. Boucher. Le réveil. Belle ép. avec marge.

259 **Le Potre**. Diane et ses nymphes surprises par Actéon, belle ép.

260 **Liender**. Vues aux environs d'Utrecht. Suite de 4 p., belle ép.

261 **Lievens**. Buste de vieillard. B. 66.

262 **Lucas**. D'ap. Jeaurat. L'exemple des mères.

263 **Maas** (D.). Le manége. Suite complète et rare. 9 p.

264 **Maleuvre**. D'ap. Dietricy. Le satyre et le villageois.

265 — D'ap. Greuze. L'enfant gâté et pendant. 2 p. Belles ép.

266 **Mansfeld** et autres. Portraits divers. 35 p.

267 **Marchand**. L'heureux moment. Très belle ép. avec marge.

268 **Marcus.** 1795. D'ap. Ostade. Sujets de tabagies. 2 p. Belles ép. avant l. l.

269 — D'ap. Luyken. Fac simile de dessins. 6 p.

270 **Marie** (H.-G. de). Haltes obligées des voyageurs. 2 p.

271 **Marinus.** D'ap. Jordaens. Adoration des bergers. Belle ép.

272 **Marot.** Te Deum chanté dans Notre-Dame, à Paris. Très-belle ép. avec marge.

273 **Martinet** (A.). D'ap. Lepaulle. Le bon camarade. Belle ép.

274 **Martini.** D'ap. Loutherbourg. Le repos des chasseurs. Eau-forte pure.

275 — D'ap. Watteau. Mort du général Montcalm, belle ép.

276 **Mason.** D'ap. Hobbema. The rural village. Grand et beau paysage.

277 — D'ap. Moucheron. The Herdsman, belle ép.

278 — D'ap. G. Poussin. Paysages. 3 p.

279 **Masson** (A.). D'ap. Mignard. Portrait de Brisacier, secrétaire de la reine.

280 **Matham.** D'ap. Van Eyck. Sainte Begga.

281 — D'ap. Salviati et autres Sujets religieux. 10.

282 **Mechel.** Mausolée du maréchal de Saxe.

283 **Menil.** D'ap. Mieris. La double tentation, belle ép.

284 **Meulen** (Van der). Paysages. 4 p.

285 — Combats de cavaliers. 4 p.

286 **Meyer** (H.). Son œuvre de paysages terminés à l'aquatinte. 12 p.

287 **Meyering.** Le pont de bois et autre. 3 p.

288 — Le Mausolée. B. 8.

189. 75   230 75   352 | 50

2 | 50

2 75

2

7 50   1 Vig
                               Vig
3 25   Vig

5 50

3

2 75

7   Vig

4 15   Vig
                               Vig
2 25
11 50

2   g

8 50

3 50

3 50   g

2 50   g
2 50

3   Vig

3 25   Vig

2 25

748 50 239 25 400 00

400 00   239 25   748 50

205

5

V.   5 50
      18 50

                    52

V.   2
      7

V.   6

      8

                    5

V.   9
V.
V.   8

V.   9   9

                    7

6 50

                    4 50

                    2 50

V.

691 50   271 25   995 00

289 **Moreau** (J.-M.). Le Jeune. Costumes phy-
sique et moral de la fin du xviiiᵉ siècle. 25 p.,
très-belles ép., très-rares.

290 — Les dernières paroles de J.-J. Rousseau.

291 — Henri IV chez Michau, belle ép.

292 — Le coucher de la mariée. D'ap. Baudouin,
très-belle ép. avant l. l.

293 **Morgenstern**. D'ap. Bloot. Des femmes faisant du pain.

294 — Très-petits paysages et Marines. 3 p.

295 **Mosyn**. D'ap. Holsteyn. Les quatre éléments.
Groupes d'enfants. 4 p.

296 — — Jeux d'enfants. 6 p.

297 **Moucheron**. D'ap. Guaspre Poussin. Paysages. Suite de 10 p.

298 **Naiwinex**. Paysages. 3 p.

299 **Nanteuil** (R.). Portrait du cardinal Barbe-
rin. Premier état. R. D. 29, belle ép. Grande
marge.

300 — P.-E. de Beaumanoir de Lavardin, évêque
du Mans. Premier état. R. D. 34, belle ép.
grande marge.

301 — Marie de Bragelone. R. D. 37, belle ép.,
grande marge avec la planche ajoutée au bas.

302 — Michel Le Tellier. R. D. 129.

303 — Barillon de Morangis, Lefebvre d'Ormesson
et M. Le Tellier. 3 p.

304 **Neets** (J. de). D'ap. Jordaens. Le satyre et le
paysan, belle ép. avant cum privilegio.

305 — D'ap. V. Tulden. Portrait du prince Ferdinand.

306 **Nieulant.** (D'ap.). Paysages. 5 p.

307 **Noorde.** (C.-V.). D'après Visscher. Portrait d'un seigneur distingué. Fac-simile.

308 — Fac-simile d'ap. Berghem et Van der Meer. 5 p.

309 — Fac-simile d'ap. Rembrandt et Troost. 3 p.

310 — Son portrait, par lui-même.

311 **Orley** (R. Van). D'ap. Rubens. Silène soutenu par des Satyres et sa suite.

312 **Os** (P.-G. Van). D'ap. Potter. Écurie avec deux chevaux.

313 — D'ap. Berghem. Bergère avec vaches.

314 — D'ap. Ruysdael. Moulin à vent et vaches buvant dans la rivière.

315 **Ostade** (A.-V.). Le bal des paysans.

316 — Maître d'école, Joueur de vielle et autres. 6 p.

317 — Intérieur et copies. 4 p.

318 **Ouvrier.** D'ap. Vernet. Vue des Alpes et Apennins. 2 p.

319 **Ozanne.** D'ap. Hackert. Vue dans le port de Dieppe et Pendant, par Aliamet. 2 p.

320 **Pelletier.** D'ap. Teniers. Le gazetier flamand, très-belle ép. avant toutes l., grande marge.

321 **Perelle.** D'ap. Asselyn. Paysages en Italie. 6 p. en hauteur.

322 — D'ap. Asselyn. Paysages en Italie; en travers. 6 p.

323 **Petit** (G.-E.). D'après Vanloo. Portrait de Louis XV en pied.

795 00   21 25   621 50
____

                              3   l'ig
                              3   25
                              2   25
                              3   25
                              7
         1   50   V'ig
                              3   25
                              4
____

                              1
                              3   25
                              3   25
                              4   25
                              3
                              3   xy
         8   4

88 4 25   21 25   675 25
                        676

	676	25	24	25	804	25	
	10	50					
Vig							
			21				*Nbro J. 25*
v							
Vig			2	25			*M. 3*
	7						
	6						
Vig	5	50					
	4	25					*M. 3.*
	4						
	2	25					
	12						
	4	50					
	4	50					
			4				*M. 3.*
Vig					4		
	736	25	290	50	895	25	

10   324 **Picart** (B). D'ap. Le Brun. Tapisseries du duc d'Orléans. L'histoire de Méléagre, en 6 pl., très-belles ép.   *10. 50*

10   325   La fortune des actions, très-jolie pièce sur la rue Quinquempoix. Premier état, avant beaucoup de changements. — Deuxième état, avec des champignons au milieu du terrain et avec le groupe du Vieux aux genoux de la belle qui pleure au côté gauche, et autres figures changées. 2 très-belles ép., grandes marges.   *21. Vig*

2   326 — D'ap. Jouvenet. Jésus et le paralytique.   *2 25 Vig*

2   327 — D'ap. Le Sueur. La muse Uranie et autres. 3 p., avant l. l., tirées de l'hôtel Lambert.   *7*

2   328 — D'ap. N. Poussin. L'image de la vie humaine et autres. 6 p.   *6*

2   329 — Sujets et paysages de Lantara. 10 p.   *5 50*

4   330 — D'ap. Rigaud. Portrait de Ph. l. Comte de Sinzendorf, belle ép.   *4 75*

3   331 **Piroli** D'après Caravage. Le Christ mis au tombeau, belle ép.   *4 00*

2   332 **Pitau**. Portrait de Paul Petavius et autre. 2 p.   *2 25*

7   333 **Plonski**. Pièces diverses avant le numéro. 7 p.   *12*

4   334 **Ploos van Amstel**. D'ap. V. de Velde. Le troupeau près de l'eau, fac-simile.   *4 50*

4   335 — D'ap. Berghem. La femme sur le mulet, attendant le bac, fac-simile.   *4 50*

3   336 — D'ap. Metzu. La fricasseuse, fac-simile.   *4 Vig*

4   337 — D'ap. Rembrandt. L'homme appuyé sur le bas de la porte, fac-simile.   *4 Vig*

338 — D'ap. Rembrand. La femme qui regarde par la porte, fac-simile.

339 — D'ap. Avercamp. L'hiver avec seigneurs et dames, fac-simile.

340 — D'ap. Saenredam. Intérieur d'église protestante, fac-simile.

341 **Poilly** (F. de). D'ap. Guido Reni. La Vierge Marie.

342 — D'ap. Le Brun. Saint Jean l'évangéliste. très-belle ép.

343 — D'ap. Le Brun. Portrait de Louis XIV, très-grande p.

344 **Polydore** de Caravage (d'ap.). Sujets mythologiques dans des ronds. 8 p., belles ép.

345 **Pontius.** Portraits de Rubens et Van Dyck réunis par des ornements, belle pièce.

346 **Potter** (P.). Le vacher. B. 14, belle ép.

347 — Différents bœufs et vaches. B. 1 à 8.

348 **Prestel.** D'ap. Dietricy. Le repos champêtre.

349 — — La guérite des Alpes.

350 — D'après Schutz. Stralenberger-Hof, près Francfort

351 **Punt.** D'ap. de Wit. Les séraphins, belle ép. avec marge.

352 **Pye** (J.). D'ap. J. Vernet. The anglers et a Shipwreck. 2 p., belles.

353 **Quast** (P.). Costumes de seigneurs et dames. 8 p.

354 — Costumes de paysans. 10 p.

355 **Ragot.** D'ap. Rubens. Saül sur le chemin de Damas.

825 25   298 50   1865 75

3 75   cy
3 25   cy
1 75
4
1 25
4 50

5
14 50

12 50
2 50
2 25
2 50
1 25
2 25   1½ cy
4 50   cy
5   cy
1 50

840 25   299 75   1865 75

Vi   8 75   299 75   840 25
      4 50

                    50

                    26

      71

      131

      9

      3 50
V   7

Vu   3 50
      3 25

      2 50
      20

Vi   7 50

                    8 75

      6

      7 50

                    6

                    7

Vu   6 50
      5

   1077 50   299 75   927 00

356 **Raimondi** (Marc-Antoine). L'enlèvement d'Hélène. B. 209.

357 — La jeune mère causant avec deux hommes B. 432, belle ép. avec la contre-partie. 2 p.

358 — Empereur Romain assis, le premier. B. 441 très-belle ép. Cabinet Debois.

359 — Le soldat frappant l'homme nu. B. 448, par Aug. Vénitien, très-belle ép. Cab. Debois.

360 — L'homme portant la base d'une colonne. B. 476, superbe ép. Cab. Debois.

361 (D'ap.). Les douze apôtres, contre-partie. 12 p.

362 — La cène, sainte Félicité et autres. 5 p.

363 **Raucher**. Œuvre de Paysages à l'eau-forte. 8 p.

364 **Read**. D'ap. Le Sueur. Moïse sur les eaux.

365 **Rembrandt**. La circoncision. B. 47, 6p. avec les blancs en haut.

366 — Repos en Égypte. B. 57.

367 — Jésus-Christ prêchant, dit La petite tombe. B. 67.

368 — La grande résurrection de Lazare. B. 73.

369 — Vieillard à courte barbe. B. 151.

370 — Copie de l'espiègle. Rare. 188.

371 — Vieillard à barbe carrée. B. 265.

372 — Portrait de Silvius, B. 266, et la copie, 2 p.

373 — Portrait de Clément de Jonge. B. 272.

374 — Copie du bourguemestre. Six.

375 **Ridinger** (M.-E.). Lui-même devant son chevalet dans un bois, belle ép., rare.

376 **Riedel** (G.-F.). Compositions de Volailles 4 p.   2

377 **Rubens** (D'ap.). Les quatre saisons. J. Van Merlen, ex. 4 p., sup. ép.   24

378 **Rugendas**. Militaires polonais. 5 p.   3

379 — Scènes militaires, 10 p.   2

380 **Sadeler** (Eg.). Vases d'ap. Polydore. 11 p.   5

381 **Saint** (G.). D'ap. Berghem. Fac-simile, différents états et autres. 6 p.   3

382 **Sarrciati** (A.). Fac-simile d'après les maîtres italiens. 20 p.   10

383 **Scalberge**. D'ap. Raphael. La grande bataille de Constantin.   2

384 **Schmidt** (G.-F.). Portrait de Gab. de Caylus évêque, Jacoby. 40.   6

385 — D'ap. Rigaud. Portrait de J.-B. Silva docteur, belle ép. J. 52.   10

386 — D'ap. Pesne. Henri Voguell. J. 64.   5

387 — Prince Chr. Aug. d'Anhalt-Bernbourg. J. 66.   11

388 — Antoine Pesne, peintre. J. 69.   5

389 — F. W. Borck, ministre. J. 86, très-belle ép.   10

390 — David Spittgerber, banquier. J. 87.   4

391 — D'ap. Lancret. La belle Grecque et le Turc amoureux. J. 95-96. 2 p., très-belle ép. avant l'adresse de Crespy.   13

392 — D'ap. Lancret. Le théâtre italien. Rare. J. 97, très-belle ép.   10

393 — Têtes d'homme et femme. J. 112-113. 2 p.   3

394 — Ein Morgenlander. J. 114.   4

395 — Vieux militaire. J. 116.   5

927 00   299 75   1072 50
                              5

                             23

                   3 25

                         2 75

                         3 25

                        10 50

                         1 25

— 4 50
— 9
— 9 50
— 10
— 4
— 10
— 8

                        13 50

                        17 50

                         3

— 5
— 4 50

977 50   307 00   1162 75

1168 25   303 00   999 50
          4 50
                              6
          7
          5
          5
                             +4
          6 50
                              5
          6 50
                              1
                              6
                             12
          6
                             10
                             +4
         20
          3
                             15
1175 75   303   1067 50
1175 75

396 — Buste d'homme moyen âge. J. 118.

397 — Portrait d'une jeune dame. J. 123, sup. ép.

398 — D'ap. Flinck. Buste de jeune seigneur, avec toque ornée de plumes. J. 125, belle ép.

399 — D'ap. Flinck. Tête de vieillard. J. 131, très-belle ép.

400 — D'ap. Rembrandt. Le patriarche Jacob. J. 139.

401 — Son portrait dessinant, avec l'araignée à la fenêtre. Rare. J. 141, belle ép.

402 — Dorothée. Louise Viedebandt, sa femme. J. 142. Rare, très-belle ép.

403 — Portrait de Schouwalow, très-rare. J. 143.

404 — Portrait de Hirsch Michel. J. 144.

405 — D'ap. Rembrandt. Vieille les mains jointes. J. 145, belle ép.

406 — D'ap. Pesne. Portrait de Dinglinger. Rare. J. 148, très-belle ép.

407 — Cats expliquant l'histoire au prince d'Orange. J. 152, belle et rare.

408 — D'ap. Rembrand. Jésus-Christ présenté au peuple. J. 159, très-belle ép.

409 — D'ap. Ostade. Deux paysans assis à table. J. 160.

410 — D'ap. Rembrandt. J. C. guérissant la fille de Jaïre. J. 165.

411 — D'ap. Dietricy. Présentation au temple. J. 167, très-belle ép.

412 — D'ap. F. Flamand. L'automne, trois enfants nus avec raisins. J. 171.

413 — D'ap. Dietricy. Sarah présentée à Abraham. J. 175, belle ép.

1275 75

1069 50   303 00   ~~247 75~~

8 50

2

5

1

4

2 75

4

1 75

12 ..

2 50

3
3
4 25
8 25

2 75
3

2 75
2 75
1
3 50
2

1807 50   307 00   1275 75

1275 75		307 00		1407 50
	5			
				5
				6 50
V.		6 50		
	10 50			
				5
V.	6			
	2 25			
	35			
				1 75
	3 25			
	11 50			
V.	3			
	3			
	3			
	6 50			
V.	2			
V.	4			
V.				
V.				50
V.	1378 75	303 50		1175 75

438 — — de Wikenburgi, d'ap. Hals.

439 — — de Beeckerts à Thienen. Belle ép.

440 — — de David Nuyts. Belle ép. av. m.

441 — — de Swalmius, d'ap. Rembrandt. Belle épr.

442 — D'après Ostade. Les joueurs de tric-trac.

443 — D'après Ostade. Tabagies. 2 p.

444 — Titre pour ses portraits. Belle épr. rare.

445 **Swegman**, d'apr. Van Huysum. Fac-simile de dessins. 2 p.

446 **Swanevelt** (H.). Petit paysage de forme ovale. Très-rare. B. 25.

447 **Tanje**, d'après Rubens. Portrait d'une dame. Belle épr.

448 — D'après Van Tulden. L'arsenal de Vénus et les forges de Vulcain. 2 p. belles épr. av. m.

449 **Tardieu**, d'apr. les Coypel. Colère d'Achille et autres sujets gracieux. 10 p.

450 **Thier** (B.-H.). Paysage avec chevaux et taureau. Rare. très belle épr.

451 **Tilliard**. d'après Le Prince. Les bergers russes.

452 **Valck,** d'ap. Berghem. Moutons et chèvres. 8 p.

453 **Vasseur** (le), d'apr. Aubry. L'amour paternel avec la première ligne.

454 — Le carnaval des rues de Paris.

455 — D'après Baudouin. Chasse à l'oiseau et au sanglier. 2 p. Très-belle épr. avec marge.

456 **Velde** (Ad. V. de). Différents animaux. B., n. 1 à 10, avec l'adresse de Danckers. 10 p. Belle épr.

457 — Le berger et la bergère avec le troupeau. B. 17. — 4

458 — (E. V. de). Vues de villages et forteresses. 6 p. — 3

459 **Vidal**, d'apr. Mlle Gérard. Je les relis avec plaisir. — 2

460 — et Fragonard. Le premier pas de l'enfance. — 2

461 **Vinkeles**, d'apr. Kuiper. Fête de l'Alliance et de la Liberté, 2 p. — 3

462 **Vinne** (J.-V.). Paysages. 6 p. — 4

463 **Visscher** (C.). Portrait de l'amiral Evertzen. Belle épr. — 5

464 — Joannes Merius. — 2

465 — Jacob Cornelisz. — 5

466 — Robertus Junius. — 5

467 — J. Van Vondel. — 4

468 — D'après Ostade. Tabagie de cinq figures. Epr. avant le nom, rare. — 20

469 — D'après Ostade. Tabagie, deux hommes et une femme. Belle épr. — 7

470 — D'après Ostade. Le joueur de vielle. Très-belle épr. — 5

471 — Intérieur, les patineurs. — 4

472 — Buste de femme. — 3

473 — L'antiquaire. — 2

474 — D'après Brouwer. Tabagie avec joueur de violon. — 3

475 — D'après Brouwer. Chirurgien qui panse un homme. Ep. papier de Chine. — 5

476 — D'après P. de Laar, Intérieur d'écurie avec chevaux. — 4

1178	75	313	50	1178	75
	3 25				
					V[illegible]
				3	V[illegible]
				2 25	
				2 25	50 V[illegible]
	2 50				[illegible]
	3 50				V[illegible]
				5 [illegible]	
				2 25	
	3 50				
	5				50 V[illegible]
	3				
				22 50	[illegible]
	7				
				5 50	
	3				
	3 50				1 V[illegible]
				1 75	
				3	V[illegible]
					V[illegible]
	4				
					V[illegible]
	3				
					?
1296	90	313	50	1416	25
				1426	25

1415 25   313 50   1216 90
1626 7.   14
                            7

        5

                5 50   4

                        4

        6

        7

                    1 50

        4 25

        2 5

        5

                        2 50

                        5 50

                        7

                        2 50

        2 50

1481 00   319 00   1265 90

477   Le chat. Belle ép. rare.

478 **Visscher** (J.), d'après Post. Le Parlement donnant le serment au prince de Nassau. Belle pièce historique.

479 — D'après Berghem. Le bal des paysans.

480 — D'après Ostade. Le tâtonneur.

481 — D'après Ostade. Paysans jouant au tric-trac devant une auberge.

482 — D'après Ostade. Le joueur de violon dans une tabagie.

483 — D'après Ostade. Bal de paysans devant et dans une auberge. 2 p.

484 — D'après Berghem. Suite de 6 paysages avec figures et animaux, avant les numéros.

485 **Visser-Bender**. L'allée du bois de Harlem. Belle épr.

486 — D'après Cats. L'été et l'hiver. 2 p. avant l. l.

487 **Vivares, Chatelain** et autres. D'après Guaspre Poussin. Paysages. 20 p. belles épr. avec marge.

488 **Vliet** (J.-G.-Van). Différents gueux et mendiants, avant le numéro. 7 p.

489 **Vorsterman** (L.), d'ap. Holbein. Portrait de Thomas Howard.

490 — D'après Jordaens. Le satyre et le paysan.

491 — D'après Rubens. Portrait de Charles de Longueval.

492 — D'après Snyders. Chasses au cerf et à l'ours. 2 p.

493 **Vouillemont**, d'après Raphaël. Massacre des innocents et bataille. 2 p.

30

494 **Vrydag** (D.). D'ap. Visscher. Marchand de mort-aux-rats. — 3

495 — D'après Buys. Jeune dame et son enfant dans le berceau, avant l. l. avec marge. — 2

496 — D'après Buys. Intérieurs de famille. 2 p. — 2

497 **Watteau** (d'après). Sujets divers. 5 p. — 2

498 **Watelet**. D'après différents maîtres. 15 p. — 7

499 **Weirotter**. Vue de Vernonnet. Belle épr. — 1

500 — D'après Molyn. Les douze mois de l'année. 12 p. — 5

501 **Wierlx**. D'après Michel-Ange. Le jugement dernier. — 5

502 **Wille** (J.-G). Les délices maternels. — 10

503 — La devideuse, mère de G. Dow. — 4

504 — Agar présentée à Abraham, d'ap. Dietricy. — 9

505 **Wilson**, d'après Guaspre Poussin. Paysage avant toutes lettres. — 8

506 **Wit** (J. de). Groupes d'enfants nus. 4 p. — 3

507 — Et autres. Fac-simile de dessins. 5 p. — 2

508 **Wyngaerdt** (F.-V.), d'après Rubens. L'orgie. — 5

509 — — Sainte Begga et Pipini. 1. Dox. — 3

510 **Wysman**, d'ap. Wouvermans. L'abreuvoir. Belle ép. avant l. l. — 2

511 — Le carnaval de J. Steen. 2 ép., l'une avant et l'autre avec l. l., imprimée en couleur. 2 p. — 3

512 Sous ce numéro seront vendus quelques lots compositions de Poussin et autres. Caricatures, scènes de théâtre, costumes, etc., etc., au commencement de la première vacation.

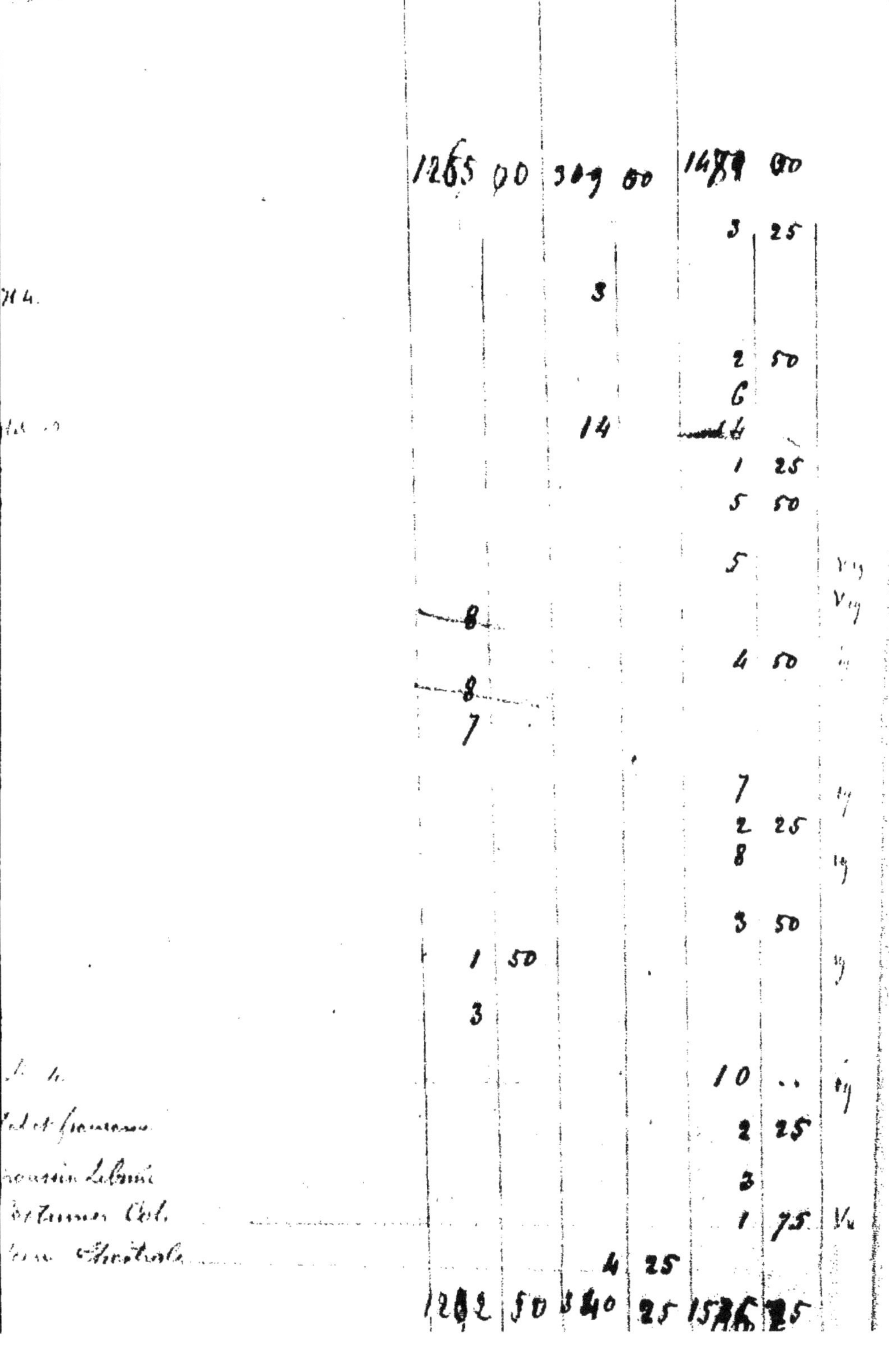

	1265	00	309	00	1489	00
					3	25
H. 4.			3			
					2	50
					6	
H...			14		4	
					1	25
					5	50
					5	
					4	50
	8					
	8					
	7					
					7	
					2	25
					8	
					3	50
	1	50				
	3					
[illegible]					10	..
...et françois					2	25
...ussin Lebrun					3	
...tumes Col.					1	75
...Théatrale			4	25		
	1202	50	840	25	1576	25

[illegible]

[illegible]

[illegible]

[illegible] 1 50

[illegible] 1

[illegible] 1

4

[illegible] 1

4

Bud 10.

[illegible] 1

[illegible] 2

[illegible] 2

3 25

1 50

[illegible] 9 [illegible] [illegible] 9

DESSINS

2	1 **Abshoven**. Fête de village, à la plume.	/	50 Vg
2	2 **Albano**. Conception de la Vierge, entourée de beaucoup d'anges, lavé à l'encre.	/	Vg
	3 **Anonymes italiens**. Prisonniers amenés devant un empereur romain, à l'encre.	/	Vg
	4 — Etudes d'enfants, d'après Raphaël, très-joli dessin à la sanguine.	4	
	5 — Enfant jouant de la flûte, jeune Bacchus endormi, 2 p., à la sanguine.	/	Vg
3	6 — Moïse se fait apporter les vases d'or et d'argent pris aux Egyptiens pour la construction du Tabernacle, lavé au bistre.	4	Vg
2	7 — Saint Pierre recevant les clefs et son martyre, 2 p.	/	Vg
2	8 **Anonymes flamands**. Costumes d'hommes et de dames, aquarelles très-fines, 4 p.	2	
3	9 — Genre de Brenghel. Paysans avec leurs troupeaux, 3 p., à l'encre.	2	Vg
3	10 — Familles de paysans près de leurs chaumières, à la plume et au bistre, 2 p.	3	25
2	11 — Paysages, genre de Wyk et V. Kessel 2 p.,	/	5 6 ¼

12 **Anonymes français**. Rotonde, paysage avec pont de bois, très-jolie sépia sur vélin, 2 p. — 2

13 **Asselyn** (J.). Vue d'un port avec pont et tours, lavé à l'encre de Chine. — 4

14 — Pont en ruines, en Italie, lavé à l'encre. — 2

15 **Avercamp** (H.). Grande tour au bord d'une large rivière, avec pêcheurs, aquarelle. — 5

16 **Bakhuizen** (L.). Marine avec plusieurs vaisseaux à pleines voiles, lavé à l'encre. — 5

17 — Combat naval, à la sanguine. — 3

18 **Barbiers** (P.). Voûte de laquelle on découvre des arbres, etc., belle aquarelle pleine de soleil. — 7

19 — Marchandes de café et de poissons, jolies aquarelles de plusieurs figures, effets de nuits, 2 p. — 4

20 — Paysage sablonneux, avec chasseur, lavé à l'encre et bistre. — 3

21 **Battem** (Van). Vaste paysage avec une ville au fond, gouache. — 7

22 **Battum** (Van). Paysage en hauteur, avec voitures, équipages, attaqués par des brigands, belle gouache sur vélin. — 6

23 **Bauduin** (F.), 1735. Grand paysage avec fabriques italiennes, à la sanguine. — 3

24 — Paysages montagneux, au crayon noir, 2 p. — 5

25 **Bella** (St. della). Costumes d'hommes assis et debout, à la plume et au bistre, 4 p. — 1

26 **Berghem** (N.). Femme trayant une de ses brebis, au crayon noir. — 8

9
1 50

2

1 50
3 50
4 50

5

2 50

6

1

4

5 50
16

V   Bordereau   R

27   4   4 6
                              30
4
2

                              9   B. 6. D. 4 25

                              2 75
                              5
                              2
                              3 50
2 25   B. 6
                              4
                              1
                              2 50
                              5
5
                              18

3 2 25   6 85   128 75

27 — Figures se reposant, chiens et chevaux at-
tachés à un poteau, dessin capital au bistre.

28 **Berkheyde** et autres Etudes de figures,
15 p.

29 **Berny** (le chev. de). Le Tambourin, singe
qui joue de la flûte, etc.

30 **Beyer** (J. de), 1740. Vue de l'église des jé-
suites à Namur, aquarelle très-fine.

31 **Bisschop**. Paysage avec fabriques, lavé au
bistre.

32 — D'après Véronèse. Demande en grâce de
captifs, riche composition, lavé au bistre.

33 **Bloemaert** (A.). Festin de nymphes et bac-
chantes, au crayon et encre de Chine.

34 **Bloemen** (P. Van). Vaches couchées, à
l'encre de Chine, 2 p.

35 **Bondel**. Décoration théâtrale, intérieur de
prison, lavé.

36 **Blyk** (F.-J.). Marine calme, avec plusieurs bateaux à voiles, à la plume, lavé à l'encre.

37 **Bolognese**. Paysage avec nageurs, à la
plume.

38 **Bosio**. Enée sauvant son père Anchise, lavé
au bistre.

39 **Both** (J.). Rochers à Tivoli, très-beau d'effet,
à l'encre de Chine et au bistre.

40 **Boucher**. Tête de jeune fille, aux trois
crayons.

41 — Nymphes sur des nues, beau dessin aux
trois crayons.

42 **Bouwmeester**. Beau paysage avec fabriques, lavé au bistre.

43 **Breenberg**. Paysage avec fabrique, lavé au bistre.　2

44 **Breugel** (P.). Seigneur à cheval, distribuant des aumônes à un grand nombre de pauvres sur la place du village, aquarelle, pièce ronde.　6

45 **Brussel** (H. Van). Beau paysage, avec pâtre gardant trois vaches près d'une ruine, aquarelle.　5

46 — Vue aux environs d'Utrecht, à l'encre de Chine.　4

47 **Buys** (J.). Intérieur très-éclairé où une jeune dame présente une pomme à un enfant dans le berceau ; servante à la porte, chien, etc., lavé au bistre.　5

48 **Caliari**, dit *Paul Véronèse*. La Cène, à la plume, lavé à l'encre.　5

49 **Callot** (J.). Le Marchand de chansons, pouvant servir de titre, à la plume.　2

50 **Cantarini** (S.). Mercure endormant Argus, à la plume.　4

51 **Carrache** (An.). D'après Raphaël. Vierge, sainte Anne, Jésus et saint Jean, au bistre rehaussé de blanc; Marc Curtius se jetant dans le gouffre avec son cheval, lavé au bistre, 2 p.　5

52 — Saint Roch distribuant des aumônes, au bistre, avec la gravure.　10

53 **Carrache** (Aug.). Enée sauvant son père Anchise, beau dessin à la plume et au bistre.　6

54 **Cate** (H.-G. Ten), 1831. Groupe d'arbres dans un paysage montagneux, bel effet, au crayon noir, lavé à l'encre.　3

178 75		3 5 25	
1 50			7
5 50			
4			1
2 50			
4			9
			7
		5	
		2	1
1			
		5	
7 50			
		6 50	Vi
		3 50	
			4
154 75	6 25	57 25	

57 75   6 85   151, 75

40

24

3

5

8

2

5

2 50

3

10 50

8

4 50

7 ..

75 25   16 75   250 75

712

55 **Cats** (J.). Beau paysage ; riche composition de chaumières, champs de blé et autres au bord du chemin ; voyageurs, paysans, chiens, brebis, etc. : superbe aquarelle d'une grande finesse.

56 — Beau paysage boisé avec rivière, pâtres et bestiaux, le fond très-étendu, lavé au bistre, très-fin.

57 — Pêcheurs d'éperlans pendant l'hiver, 2 p.. à l'encre de Chine.

58 **Chalon** (C.). Paysan portant un enfant, paysanne faisant marcher un enfant, 2 p., aquarelle.

59 **Cravel** (C.). Jolis paysages à la gouache. 2 p.

60 **Crayer** (G. de) et autres. Sujets religieux. 4 p.

61 **Delfos** (Ab.). D'après Rembrandt. Le Porte-Drapeau, très-belle aquarelle.

62 **Dietz** (J.-C.). Paysages avec voyageurs, 2 p., au crayon noir.

63 — Paysages avec cavaliers, au crayon et à l'encre, 2 p.

64 **Doomer**. Vue près de Nantes, sur la Loire.

65 — Environs de Saumur, sur la Loire. Ces deux pièces sont lavées à l'encre et au bistre, rehaussé de couleur.

66 **Drielst** (E. Van). Chaumières, aux environs de Drente, en hiver, dessin capital, au crayon et à l'encre de Chine.

67 — Vue à Overveen, près de Haarlem, aquarelle capitale.

68 — Chaumières aux environs de Drente, avec brebis et porcs, 2 p., au crayon, lavé à l'encre.

69 **Dupré** (D.). Vue de l'obélisque et de la rotonde près l'église de la Minerve, à Rome, aquarelle capitale.

70 — Vue à Civita-Castellane, dessin capital.

71 — Vue à la villa d'Este-Tivoli ; ces deux pièces sont lavées au bistre et à l'encre de Chine.

72 — 1787. Sépulcre de Caïus Sextius à Rome, très-belle aquarelle.

73 **Dusart** (C.). Paysan à mi-corps tenant une cruche, aquarelle sur vélin.

74 **Dyck** (A. Van). Adoration des Bergers, au crayon et bistre.

75 — Portrait en pied d'un empereur cuirassé, à la sanguine.

76 — Portraits de femmes, en bustes et en pieds, 4 p., premières pensées.

77 — Têtes et sujets religieux, 10 p.

78 **Eckhoudt** (G. V. D.). Le prophète Nathan et le roi David, à la plume.

79 **Ekels** (J.). D'après Eckhoudt. Jeune fille accordant sa main à un prisonnier pour lui sauver la vie, belle composition, avec costumes orientaux, lavé à l'encre.

80 **Elliger** (Otto). Allégorie pour plafond, sujets religieux et mythologiques, 4 p.

81 **Everdingen** (A. Van). Vue d'hiver avec patineurs, charmante petite pièce.

82 **Folkema** (J.). D'après Goltzius. La Visitation à la Vierge, à la plume.

	250	75	16	75	73	25
					6	50
B.C			6			
			4	50		
			4			
A.C.			6			
			5			
			1			
			2			
					3	50
					7	
			7			
					6	50
					2	
			2	50		
					8	
	276	75	28	75	186	75

106 75   776 75
                              4

V[illegible]   4

V[illegible]   4
V[illegible]   4
V[illegible]   5

V[illegible]   4 50

V[illegible]   12 50

V[illegible]

                  2 50

                  4

V[illegible]   26

                  5 50

                  2 50

                              44 ..

V[illegible]
                               4 ..

177 25   28 75   332 75

                                        d. 250

                                        d. 425 G. XXV

                                        d. 325

37

83 **Frey** (J. de). D'après Rembrandt. Portrait de dame, au crayon noir rehaussé de blanc.

84 — D'après Van Dyck. Portrait d'homme, pendant du précédent ; ils sont de grandeur naturelle.

85 **Goltzius** (H.). Le Clerc, Verschuring, 3 p., études de figures, costumes.

86 — Et autres. Têtes d'hommes, 4 p.

87 **Goyen** (J. Van). Foire de village, au crayon et encre de Chine.

88 — Porte de ville avec pont-levis, au crayon et encre de Chine.

89 **Grandjean** (J.). Paysages ronds avec bergers d'Arcadie, monuments antiques, belles aquarelles, 2 p.

90 — Figures académiques d'hommes, sur papier bleu, 2 p.

91 **Grave** (J.-E.). Joli paysage avec chasseurs, à l'encre de Chine.

92 — (J. de). Vues à Valenciennes, 1676, camp de troupes, *in het leger, de lieve vrouwe kerk*, etc., 5 p., à la plume, lavées à l'encre.

93 — 1674-1675. Vues aux environs de Mons et Soignies, camp de troupes, 4 pièces, lavées à l'encre.

94 — Vues de villages, à l'encre de Chine, 2 p.

95 **Greuze**. Intérieur de famille ; il a été gravé par Binet, sous le titre de la Grand'Maman, très-beau dessin, lavé à l'encre et au bistre.

96 **Groenewegen** (G.). Embarquement par une mer agitée, avec plusieurs vaisseaux, riche composition, lavée à l'encre.

97 — Pendant du précédent. Calme avec chaloupes pleines de figures.

98 — Bords de la mer avec vaisseaux et chaloupes, beau dessin capital à l'encre de Chine.

99 — Marine avec bateau chargé de foin, à l'encre de Chine.

100 **Gryppmoed** (G.). Beau paysage montagneux éclairé du soleil, avec animaux, à l'encre de Chine.

101 — Très-beau paysage capital avec rivière, au crayon et encre de Chine.

102 **Haan** (D.-A.). Vue de la ville de Kleeft, dessin capital et très-fin, avec grand soleil, lavé à l'encre.

103 — Autre Vue d'un autre côté, pendant du précédent.

104 **Haanen** (R.). D'après Ruisdael. Entrée de forêt, avec marine, brebis, etc., aquarelle magnifique.

105 **Hansen** (C.-L.). Paysage riche de composition, avec chaumière, à l'encre de Chine.

106 **Heenck** (J.). Canard éder mâle, très-belle aquarelle.

107 — Autre Canard femelle, espèce curieuse, très-belle aquarelle.

108 **Hempel** (A. ter). Paysages avec voyageurs, à l'encre de Chine, 2 p.

109 **Hendriks** (W.). D'après Pynacher. Vue au bord d'une rivière, avec bateau que l'on charge de marchandises, beau dessin lavé au bistre.

337 | 75 | 28 | 75 | 177 | 25

2

4 | 75

3

7

5 | 50

3 | 25

3 | 50

9

3 | 75

3

3 | 25

3

6

367 | 25 | 28 | 75 | 204 | 75

204 75		367 75	
		2 50	
11			
4			
		4	
		3 50	
5			
3 50			
4 25			
		9	
			3.450
2 9			
3 75			
		12	
		2	
		3	
262 25	28 75	407 25	

110 — D'après Brekelencamp. Composition d'intérieur de famille, avec une vieille malade, à l'encre de Chine.

111 **Hoch** (J.-J.). D'après Rembrandt. Jésus-
Christ avec ses disciples à Emaüs, à la plume et
encre de Chine, très-fin.

112 **Horstink** (W.). Intérieur de cour, plein de
soleil, avec femme récurant, aquarelle.

113 — D'après Holbein. Tête de femme, beau dessin lavé au bistre.

114 **Hulswit** (J.). Paysag avec moulin à vent,
aquarelle.

115 **Houbraken**. Portrait de Roos, Vander Helst
et autres, 6 p., sanguine et lavés.

116 — Allégorie de l'imprimerie et diverses études
de figures, 15 p.

117 — Diane et ses Nymphes vues par Actéon, jolie aquarelle.

118 **Huysum** (J. Van). Corbeille de fleurs, belle
aquarelle.

119 — Paysage en hauteur, avec figures antiques,
aquarelle très-éclairée.

120 **Janson** (J.). Berger et son troupeau, vaches
et brebis, aquarelle.

121 **Jonxis** (J.-L.). Jeune femme regardant un
portrait et vieille tenant une lettre, sur la table
boîte de bijoux, très-belle aquarelle très-colorée.

122 **Jordano** (Lucas). Midas jugeant le concours
d'Apollon et Pan, au bistre.

123 — Les Bergers venant adorer Jésus, au bistre.

124 **Jordaens** (J.). Têtes d'homme et de femme, aux trois crayons, 2 p.

125 **Kerkhof** (D.). Espèce de cour entre plusieurs bâtiments, au crayon noir et encre de Chine.

126 **Knoop** (J.-H.). Maisons de briques éclairées par le soleil, aquarelle vigoureuse.

127 **Kobell** (H.). Marine calme avec vaisseaux, belle et riche composition, à l'encre de Chine.

128 — Combat catoptrique des amiraux de la flotte hollandaise sur la rade de Batavia, aquarelle très-capitale.

129 — (J.). Paysage avec écurie de bœufs, au crayon noir, effet d'hiver.

130 — D'après Hobbema. Paysage avec rivière et pêcheurs, au crayon noir.

131 **Koningh** (L. de). Bords de la mer, avec vaisseau et figures, à l'encre de Chine.

132 **Koogh**. Grands paysages, au crayon noir et lavé, 2 p.

133 **Laar** (P. de). Paysans avec des ânes. au crayon noir.

134 **Langendyck** (D.). Chariot de transport attelé de six chevaux près d'une écurie, très-belle aquarelle.

135 — D'après Storck. Port avec monument de belle architecture, vaisseaux de guerre et canot de luxe débarquant des personnes de distinction, beau dessin d'une composition très-riche, lavé à l'encre de Chine.

136 — Bataille des Pyramides, à la plume, lavé à l'encre de Chine.

402	25	262	25	Vuy
		5	50	Vuy
4	75			50 Vuy
6				[illegible]
0		9	50	
8				[illegible]
				Vuy
3				
				Vuy
3	75			Vuy
2	50			
		1	25	
2				
7	50			Vuy
				Vuy
		30		Vuy
				Vuy
				Vuy
446	75	75	308	50

308 50

446 75

2

11

8 50

4 50

1

4

3

2

4

5

1

2 75

3

5

1

5

[illegible] 446 75 [illegible] 308 50

137 — Deux chevaux de trait près de leur charriot, aquarelle.

138 — 1799. Incendie d'un vaisseau à l'ancre dans un port anglais, à l'encre de Chine.

139 — Fourgon escorté de soldats passant à gué une rivière, lavé à l'encre.

140 **Langendyk** (J.-A.). 1807. Le Printemps et l'Hiver, couples de promeneurs, 2 belles aquarelles.

141 **Latombe** (A.). Rivière avec pont et village au fond, à la plume et au bistre.

142 **Leeuwen** (J.-V.). Hiver, avec paysan à qui l'on met des patins pour passer une rivière gelée, très-bel effet, aquarelle.

143 **Le Paon**. Bataille de cavaliers, au bistre.

144 **Le Prince**. Paysage avec figures et animaux, à la sanguine et au bistre.

145 — Paysages pittoresques avec rivière, ponts et fabriques, à l'encre de Chine.

146 **Le Saon**. Dame à cheval, causant avec des officiers près d'une cantine, à la plume, lavé à l'encre.

147 **Le Sueur**. Figure debout, drapée et appuyée, à la pierre d'Italie.

148 **Lexmondt** (J.-V.) Hussard assis dans une écurie, aquarelle.

149 **Liender** (J.-V.). Vue de la ville et château d'Autun, aquarelle.

150 — Ruines très-éclairées dans une forêt, lavé au bistre.

151 **Liernur** (A.). Tête de jeune homme et de vieillard, aquarelle très-vigoureuse.

152 **Maas** (D.). Paysages avec muletiers, aquarelles, 2 p.

153 **Marcus.** Figure académique d'homme, à la sanguine.

154 **Meer** (J.-V. Der) le Jeune. Paysages avec brebis, aquarelle, 2 p.

155 **Mengs** (R.). Mort de Socrate, au crayon, rehaussé de blanc.

156 **Merlen** (J. Van). Berger et Bergère, gravure gouachée et rehaussée d'or.

157 **Meulen** (Van Der). Trois cavaliers à cheval, au crayon noir.

158 **Michau.** Famille de paysans près de leur chaumière, aquarelle.

159 — Et autres, aquarelles, 4 p.

160 **Miele** (J.). La Naissance de la Vierge, à la plume, lavé.

161 **Moninks** (P.). Beau paysage avec fabriques et nombreux troupeaux, lavé à l'encre et au bistre.

162 **Monnie** (L. de). Servante et Marchande de volaille, aquarelle.

163 **Moucheron** (J.), 1789. Pavillon de belle architecture dans un jardin où un homme pêche dans un étang, aquarelle très fine avec le plan, 2 p.

164 — Paysage avec tombeau ruiné, à la plume et encre de Chine.

165 — Palais vu du côté des jardins, avec fontaine, lavé au bistre.

166 **Moucheron** (F.). Moulin à eau dans un paysage, lavé à l'encre de Chine.

[illegible] 493 00 | 28 75 | 113 00

[illegible]

[illegible]

[illegible] 75 | 356 50

354 50   4   579 50

Vte   5

        11   ℔

Vij   8 50   ℔

                          3

        5

Vij   5 50

                          8

Vij   3

                          5

                          3 50

                          6

Vij   3

Vij   3

        4

                                        ₰.550

Vij   6

394 30   46 75 553

6	167	— Paysage montagneux, à l'encre de Chine.	5	4 9
8	168	**Muntz** (J.-H.), 1776. Cénotaphe et autres monuments d'architecture, avec figures, 2 p., aquarelles très fines.	11	
8	169	— Portique et autres monuments, avec figures, 2 p., aquarelles très fines.	8	50
4	170	**Noel** (P.-J.), 1816. Paysans gardant leurs vaches, à la plume et encre de Chine.	3	4 9
5	171	**Nuwenhuysen**. D'après Laer. Chevaux, à la plume, 2 p.	6	
5	172	**Nymegen** (D. Van). Bas-relief d'enfants, avec des fruits très beaux, au bistre rehaussé de blanc.	5	50
8	173	**Os** (G.-P. Van). Hiver, avec charriot attelé de trois chevaux, et cavalier se reposant près d'une auberge, dessin capital à l'encre de Chine.	8	4 9
5	174	**Ostade** (A. V.). Composition de sept à onze figures de paysans, à la plume et bistrée.	3	4 9
5	175	— Composition de trois fumeurs, femme et enfant, à la plume et encre de Chine.	5	4 9
4	176	— Paysan à mi-corps, fumant sa pipe, aquarelle.	3	10 4 9
6	177	— Danse de paysans, homme et femme, à la plume et encre de Chine.	6	4 9
6	178	— Intérieur, avec buveurs, à la plume et au bistre.	3	4 9
3	179	**Paning**. Moïse frappant le rocher, à la plume.	3	4 9
4	180	**Pannini**. Ruines d'architecture antique, avec figures, à l'encre.	4	
3	181	**Perignon** (N.). Vue d'une calandre sous Genève, sur le lac, jolie aquarelle.	6	

44

182 — Paysage montagneux, avec chaumières au bord de l'eau, jolie aquarelle très-fine. — 3

183 **Picart** (B.). Naissance de Méléagre; les Parques désignent le tison auquel sa vie est attachée. — 30

184 — Althée, poussée par les Furies, fait brûler le tison pour venger la mort de ses frères tués par son fils Méléagre, deux magnifiques dessins à la sanguine. — 25

185 — Ascension de Jésus-Christ, riche composition. — 6

186 — Vision de saint Pierre; ces deux dessins, très-beaux, sont lavés à l'encre de Chine. — 6

187 **Pillement** (J.). Paysage avec ruines, au crayon noir. — 4

188 **Poelenbourg** (C.). Repos en Egypte, à la sanguine. — 5

189 **Polidore.** Bas-relief; combat entre cavaliers et fantassins, beau dessin à la plume, lavé au bistre. — 5

190 **Pothoven** (H.). D'Ad. V. de Velde. Mer agitée, avec vaisseaux, beau dessin à l'encre de Chine. — 3

191 **Potter** (P.). Berger conduisant des vaches, à la sanguine. — 7

192 **Poussin.** Paysage de grande ordonnance, à la plume, lavé à l'encre. — 3

193 **Prins** (J.-H.). Vue d'un canal et pont à Leide, très-belle aquarelle, d'un très-beau ton. — 20

194 **Quellinus,** Breughel et autres, 10 p. — 2

195 **Rembrandt.** Composition de figures orientales, éclairée par une torche, à l'encre de Chine. — 6

			550	46,75	394,50	
B.425					4,50	Vay
			20			Vay
						50
			17			75
						Vay
			5			Vay
			4,50			Vay
D325					4 ..	50 Vay
					5	Vay
B.6.				5,50		Vay
					3	Vay
			7			s Vay
			2			v Vay
D325			19			Vay
					4,	Vay
					6	
			627,50	52,25	426,00	v Vay

424 00   52 25   627 50
                    28 . .
Vig 7.   2 . .

Vig 1   2 50
            1 75
                    5 . .
Vig   4 . .
Vig   10 . .
  c
                    3 50
                    3 . .
Vig   5 . .
                    4 . .
                    3 75
Vig   4 50
Vig
Vigl   4 . .
                    9 . .

            8 50
42 6 25 57 75 713 25   J.7. D.450

196 — Jésus au milieu des docteurs, à la plume.

197 **Ridinger** (J.-E.). Chevaux fins au galop en liberté; Rosses en liberté, 2 p., à l'encre.

198 **Rietschoof** (K.-J.). Marine avec vaisseaux et canot de déchargement, à l'encre de Chine.

199 **Ritter** (N.). Figures académiques, 6 p.

200 **Romain** (J.). Bacchus, conseillé par l'Amour, demandant à boire, à la plume.

201 — Triomphe d'un empereur romain couronné par la Victoire, à la plume et au bistre.

202 — Conduite de prisonniers par des soldats, à la plume et au bistre.

203 **Rosa** (Salvator). Paysage rocheux, lavé au bistre.

204 **Rubens** (P.-P.). Vierge et autres sujets religieux, aux crayons noir, rouge et à la plume, 3 p.

205 — Etude de quatre enfants nus, au crayon noir et sanguine.

206 — Sujets religieux, études, 4 p.

207 **Ruisdael** (J.). Baraques en planches au bord de l'eau, au crayon, lavé à l'encre.

208 **Ryk** (J. de), imitateur de V. de Velde. Jeune bergère et ses brebis dans un paysage, à l'encre de Chine.

209 **Sarte** (André del). Etudes à la plume de quatre figures pour un tableau religieux.

210 **Scheffer** (J.-B.). Jeune dame dormant près de son livre, un officier l'admire, grande aquarelle capitale, très-colorée.

211 **Schellings** (W.). Vue de la ville de Nantes, à l'encre de Chine.

	7 13	25	424 75
	9		Vey
			7 50 V.
	98		
			8 ..
			8 50
	5		
	4		70
	4		
	3		
			8 50
			2 75
			13 50
			Vey
	2 75		
			4 50
			8 .. Vey
			8 .. Vey
	7		
769 00	57 75	494 50

494 50   57 75 741

Vg   6

                           20

3   8
4

9

3

V.g   10 50

V.g
V.g
          11 50

1.   20

                          10

V.g
          9,50

               20

               D 22,50

                           6

V.g   3 75
____
      564 75   77 75 783

228 **Thier** (B.-H.). Paysage, avec troupeau passant sur un pont, à l'encre et bistre.

229 **Titien**. Composition de plus de 40 amourets
dans diverses attitudes, lavé au bistre.

230 **Tomeberont**. Paysage de style, à l'encre.

231 **Troost** (J.). Paysages avec cavaliers, 2 p.,
aquarelles très-fines.

232 — Paysages, avec guerriers et chasseurs, 2 p.,
aquarelles très-fines.

233 **Uden** (L. V.). Paysage d'une grande étendue,
avec rivière, montagne et village, église, etc.,
aquarelles, 2 p.

234 **Verheyden** (M.). Seigneurs cavaliers à la
porte d'une auberge, au bord de l'eau, avec pêcheurs, bateau, pont, etc., très-belle aquarelle,
très-fine.

235 — Pendant du précédent. Hiver, riche composition, avec patineurs, traîneaux, etc., de même
qualité.

236 **Vinkeles** (A.). Visite d'un général à ses troupes, très-belle aquarelle.

237 — Dame à cheval, avec cavaliers, se dirigeant
vers l'eau, aquarelle.

338 **Vinkeles** (J.). Course de chevaux en 1802,
jolie aquarelle, avec costumes curieux.

239 **Vinkeles** (R.). La Colonnade dans le jardin
de Versailles, à l'encre de Chine.

240 — D'après Vander Heyden. Château avec fontaine et figures, à l'encre de Chine.

241 **Vinne** (V.-D.). Luiken et autres allégories,
emblêmes, 4 p.

242 — Dans le goût de Berghem. Grands paysages montagneux, avec beaucoup d'animaux et figures, lavés au bistre, 2 p.   8

243 **Waldorp.** D'après V. de Velde. Bords de la mer, avec famille de paysans, chariot et bateaux pêcheurs, aquarelle capitale.   7

244 **Wettewinkel** (H.). Mer agitée, avec bateaux pêcheurs à pleines voiles, lavé à l'encre de Chine.   10

245 **Wicardt.** Vue de la Meuse, avec bateaux pêcheurs, au fond un village, aquarelle.   2

246 **Wit** (J. de). Académie d'homme couché, au crayon, rehaussé de blanc.   2

247 — Jésu-Christ mis au tombeau, au bistre.   3

248 **Wolf.** D'après Ostade. Fumeur assis, aquarelle très vigoureuse.   7

249 **Wynants** (J.). Paysage, avec figures et voiture, au crayon noir lavé.   4

250 **Xavery** (F.). Paysage, avec figures et animaux, dessin capital à l'encre.   4

251 **Zaftleven** (H.). Intérieur de chaumière, au crayon ou à l'encre de Chine.   2

252 — Paysages, avec chaumières au bord de l'eau, 2 p. lavées au bistre.   2

253 — Paysages au crayon noir et lavés, 2 p. capitales.   10

254 — Vue des bords du Rhin et mer furieuse, au crayon lavé à l'encre.   6

255 — Paysage montagneux, au crayon lavé.   5

Maulde et Renou, Imprimeurs de la Compagnie des Commissaires-Priseurs, rue de Rivoli, 144.

783		77	75	568	75
6					
				7	
9					
				4	50
2					
3					
6	50				
3					
				4	
				2	50
2					
8					
5					
2					
829	50	77	75	586	75
				77	75

23 Poissonnier

M. de Roux   2 rue de l'arcade

Snyder

2   Maison [illegible]   2
6   [illegible] 1/2 [illegible]   6   50
     Transport   3
off. de Catalogue   8   50